宛若花開、剛田武、語雨 合著

天空數位圖書出版

目錄

作者：語雨

SPIN

文：宛若花開

就像是一陣風，來的也快，去的也快，不受拘束的她，在這一波波填鴨式教育風潮中，她找到了一片樂土，斷然放下過去，徜徉而去，迎接她的是美麗的未來。多少人斥責，多少人惋惜，但是，我羨慕她的瀟灑，羨慕她的衝動，羨慕她的勇氣，她選擇回到她的族群，照顧她的朋友，陪伴她的家人，自成一個天地，飛揚在草原中，任他們遨遊。

因緣際會下在假期中回到故鄉，陪伴孩子度過漫長的炎夏，她想起生命的意義何在，也矛盾起從前努力的到底是什麼。孩子的笑容， 化解在都市築起的心牆； 孩子的童語， 拉近陌生的距離。一起在草原上奔跑，一起跟海浪奔騰，一起伴著星星的夢，回到孤城，腦中不斷縈繞那短暫的時光，從未看她如此掛念過一段旅程。

她惦記，呼著族內的母語，她思念，喚著熟悉的名字，她希冀，吸著大地的精華。她知道那才是她的人生，才能展露無盡的才華，直到筋疲力竭的那一刻。在回憶的某一角，她曾舞出漂亮的影子，但終究只是影子，那終究只是過去，留在心中的一處，剩下 CD 轉盤不斷流出似曾相識的旋律。心中總是有處在喚著去追尋那憧憬的自由，即使幾天也好，幾時、幾分、幾秒都好，就只是想放縱自己，脫離這殘酷的現實，脫離這拘束的傳統，脫離這羈絆的過去，隨著時間波流去流浪。

或許是上天聽到這渴望，在這個時間，在這個地點，這一秒我們偶然遇上，深深一個擁抱，互訴出長久思念。簡單一個問候，帶出不曾見到的笑容，燦爛的笑聲中，道出陽光的魅力。這種不曾有過的輕鬆感，捎來了海的味道，鹹鹹濕濕中帶有一點腥味，也隱約聽到海浪拍打的聲音，那浪花聲伴隨著她的腳步漸漸消逝。

或許，

她真的就是那陣風，來的也快，去的也快…。

如果可以追上那陣風，耳邊呼嘯而過的，不是風的聲音，是大自然最原始的旋律。乘著那旋律，躍上流浪的起點，化成一顆山中的巨石，一滾圓滑的鵝卵石，一粒海岸拍打的砂，流向無垠的海洋。讓自然之母帶領著、陶冶著，追尋的不是名，不是利，而是最簡單卻也最難得到的快樂。在生命轉動中，避不了生老病死，切不斷生活中的柴米油鹽醬醋茶，但這快樂是最不容易尋獲的，若沒有當初立下那果決的心意，也無法拎著皮箱走出孤城，找到心目中對的人。

現在的妳跟她們，過的好嗎？

是否在台灣的某一處找到淨土，讓孩子可以為自由而生？

最親近的家人

文：宛若花開

好久好久沒有好好抱著一個人，是否曾有過類似的感嘆？小時候睡覺一定要抱著一隻娃娃、一件小毯子、一顆小枕頭，才有辦法安穩入眠；長大後抱著親密的愛人，才有辦法將這苦日子過下去…。但娃娃沒有溫度，而人會隨著時間而改變、而現實，只有最忠實的你，給我最親、最溫暖的擁抱…。

小時候的你，想好好探索這世界，從我的手上扭動著，想辦法離開我的手掌心，希望可以用自己的雙腳，踏遍這個家，踏遍這個世界。起初，我花著大把、大把的時間陪著你四處走，開著車、吹著風，享受著我們的獨處時光。有時，遇見新朋友，你害羞、顫抖地一邊喊叫，一邊躲在我腳後，我推推你的屁股，摸摸你的頭，用笑容跟你掛保證，讓你可以肆無忌憚地往前一大步，認識你的新世界、新朋友。

膩在一起，只是一個日常，我走到哪、坐到哪，你總是在旁邊守護，期待著我忙碌完手邊的工作，就可以再陪你到處去瘋、去傻…。曾幾何時，我一度忙碌地無暇好好再看看你，你只是默默在一角看著我、等著我，期待再像小的時候，可以再抱抱你，給予彼此溫暖，成為彼此最親近的依靠…。

但日子一天天地過，我不再將眼神轉向你，我只是自顧自地看著電腦、手機和電視，自顧自地對著這些哈哈大笑。而當你靠近我，舔著我的手，提醒我你還在等待的同時，我只是抓起身邊一把你的玩具或是零食， 放在你的面前， 隨手轉了一圈的你毛髮，當作任務已完成。徒留你的失望和我的笑聲，填補這個空白的關係…。

當你開始反常地四處便溺，不再是乖巧地在自己的便盆上廁所，開始四處瘋狂地吠叫，不再是平靜地在一旁等待閒暇的我。頭痛如我，聽了神來一筆的御狗之術，開始對你大呼小叫、又打又鬧，直到你從眼中流下那滴淚，我才想起，這不該是我愛著你的方式，我再度抱起你，深深地、刻刻地。

你也只是舔著我的臉，似乎告訴我：「沒關係，我懂！我還是會陪著妳！」淚水不自覺地落下，想起你小的時候，搖著尾巴每天期待且歡迎著我回家，每當踏進門的這個時刻，便是我們緊緊擁抱彼此的甜蜜時光…。我對著你說：「每天的每天，我都會好好抱抱你，親親你，我保證！因為，你是我最親近的家人…。」

走馬看花

文：宛若花開

女人尋找生活中的另一位真正的好夥伴，老實說在現代這個世代，越來越不容易…。女人期待的是可以陪伴她走過低潮，陪伴她去做她想做的事，一個生命中最重要的男人；而男人心裡可能就只是姑且試試看，不適合就換下一個吧！雙方的期待值從起點就落差很大，最終女人會發現，他們或許走不到幸福的終點那一步，就會從期待變成落寞，進而失望、絕望、垂死掙扎，掙扎後是否能認清？就看女人自己可以犧牲到什麼程度？多久才能放下，只有自己的心最知道…。

男人尋找生活中可以全力支持他、了解他，有共鳴的女人，其實也不容易。不一定是過去的小女人模式在家照顧孩子，讓男人可以在外放心打拼。但至少當他遇到事情的時候，有個人可以分享，有個人可以跟他討論，有個人可以給他安全感。誰說男人不需要安全感？他們也是需要有個依靠，只是傳統的大男人主義都教導著男人要好好扮演著女人可以倚靠的角色，即便女性意識抬頭，在一段親密關係內，男人始終要背負著他們的責任。

即使男人真的不夠勇敢，但也不能期待每個男人都跟那些英雄一樣勇敢果斷；即便女人真的不夠溫柔，但也不能期待每個女人都跟那些女主角一樣四維八德。彼此都是獨一無二的個體，兩人是否適合？只有磨合後才知道；生活是否幸福？只有溝通後才清楚。

長大以後，很多關係不是那麼的確切，也許會有點複雜，但只要找到彼此舒服的相處方式就好，重點就是，彼此舒服，其他人說什麼都不重要！感情是自己的，沒有人可以幫你談；婚姻是兩人的，沒有人可以幫你們經營。

很多的人事物實際跟表面差了十萬八千里，值不值得、開不開心、傻不傻，只有當事人自己知道，也只有他們自己可以下定論，不需要別人來評斷什麼。人生走過了，只有自己知道滋味，身邊再親密的人沒嘗過，就別說：「我懂！」我們都只是走馬看花，走過看過別人的故事、別人的人生。

比起人生的遺憾，傷心難過相較之下，也許不算什麼了。即使曾經對感情很失望過，只要保持同樣態度，跌倒就再站起來。又遇到了，那麼就再試試看？又失敗了，該走過的這一遭，就痛痛快快地走過吧！該反思的是，自己是不是能因為對方而變成一個更好的人，或在對方身上學到什麼，讓你／妳可以更進步？

其實很多時候，當事人心裡早就有答案，只是需要認同的聲音，支持她／他的聲音。因為一個人想要變好，是他／她開始有被愛的感覺；一個人想要變得更好，是因為他／她曾被傷害過。我們這些走馬看花的人，只要陪伴他們就好。

外貌協會

文：宛若花開

整形風氣四起，除了化腐朽為神奇，從完美追求更完美的境界。我們試圖改變上天所賦予我們的藝術，追上這世代所認定的美。無論是哪一種社群媒體或是傳播媒體，都是希望放上自己最好一面，光鮮亮麗地呈現在這世界面前。從各種按讚的數字去驗證自己的好，認定自己達到這世界對於美的高標準。

而這套高標準不僅套用在自己身上，也套用在別人身上，一個個的嗤之以鼻，一段段的嫌棄謾罵，所留下的可能僅是心理創傷和人際問題。挑選朋友也好，篩選另一伴也好，大多數都會先用放大鏡將對方的外表仔細審核過。第一眼通常就取決一切，就像買東西一樣，且價值觀越來越現實，只想找可以襯托出自己的人事物。

第一眼的分數就可以將對方歸類到不同的層級，如同一個金字塔，歸類到尖端的人，吹捧也好，巴結也好，就是不自覺一直想親近；歸類到底端的人，利用也好，踹一邊也罷，就是得把自己捧得比他們還高，好拉開那段金字塔差距。

變形扭曲的心態充斥在人情世故中，父母將孩子生醜了，便準備一筆錢給予孩子當作成年禮，讓孩子去整形。同學間的霸凌與排擠，不僅是個性迥異所致，連同外表都摻或下去。工作上的業績高低，不再只是靠能力取勝，有個加分的外貌更是能駕輕就熟，甚至可以搭上升遷的高速列車。

或許美的人事物真的可以讓人感覺舒服，但何曾想過這是多傷人的一把刀，更可能禍及影響一個人的一輩子。一輩子的傷，會好嗎？可能因為外貌這道傷口伴著他一輩子都不會好…。即便醫美技術再先進，可能讓他／她脫胎換骨，但終究還是會有回首不堪過去的一天，只是時間早晚的問題，還有自己能不能接受的心。

欣賞美的事物並沒有過錯，大家都喜歡美的人事物。而這世界並非完美，也沒有十全十美。每一種完美背後，都有其代價和犧牲，端看當事人可以承受到什麼境界。但我們能做的，就是用不同的角度和方式，去欣賞上天所創造的獨一無二藝術感。拿下有色眼光，脫下外表，純粹用心去看、去欣賞這個人，你會發現表面與現實的差距可能會大得驚人，而這驚人之處會讓人愧疚，會讓人知足，會讓你知道自己有多麼的不足…。

數字人生

文：宛若花開

「我忘記我的密碼了啦！都登不進去，該怎麼辦？」

可能在你的生活中，經常或是偶爾會出現這樣的人、這樣的情況，無論大則銀行帳戶、保險箱，小則手機和社群軟體的登入帳號密碼，都牽絆著我們生活中的大小事。加上現在資安危機重重，總是會有人駭走不屬於他的東西，需要固定更換成千上萬種組合之密碼。加入英文大小寫、數字六碼以上，不能用英文本名和出生年月日等各種要求，都考驗著我們的記憶力。有人索性直接全部用同一組密碼，爾後換來的可能是全部「梭哈」，雙手奉送給螢幕後的鍵盤魔人。

科技帶來的便利，可能也造就更多的危機，我們即便用一層層的英文和數字組合去防，可能還是一山還有一山高。有人說：「回到之前單純的美好，不好嗎？」但不妨想想，我們從出生落地的那一刻，其實也是一串數字記錄著，民國幾年幾月幾日、幾點幾分出生，八字如何、身高如何、體重如何？都是一連串的數字所構成，而當我們離開的時候，可能醫院的醫護人員會幫你紀錄民國幾年幾月幾日、幾點幾分死亡，也是一串數字幫你結束這段精彩的人生。

可能在你的人生中，每一處的生活亦各種數字充斥在其中，路上行的紅綠燈幫你讀著秒數；工作滿滿的行程表幫你提醒著開會時間、結案的時間；生活大小用品都是用薪水的數字和廠商訂的數字加加減減換來的。

有人可以不為數字而活嗎？恐怕是有些困難度的，諸多的生活細節都讓我們不得不為數字所惱。出生的數字可能代表著你一生的命運，薪水的數字可能撐著你可以享受的生活品質，股票的數字可能引領著你最近心情的寫照，而疫情的數字可能提醒著你保護自己的層級。

我們都只是一串串的數字堆積而成的人生，記得也好，不記得也罷。總會有辦法可以讓你登入手機或網站，總會有方法可以讓你領得出錢去買東西，總會有工具可以幫你記住所有生活大小事。唯有人生，登出後便無法使用忘記密碼再重新登入…。因為上天會在你登出後，立即封鎖修改密碼的選項，讓你以另外的方式重新註冊下一個新的人生。

女人女人

文：宛若花開

女權崛起、女性意識抬頭…等這些名詞早已見怪不怪，但怪的是我們即便已經發展到現在的女權至上階段，仍然在結婚後的逢年過節期間，祭拜的祖先不是女性原本的同姓氏祖先，而是跟著男方的傳統而拜，而自己的祖先早已在婚後成為過去式。

或許有些人會說，不能違背倫理道德常規，且兩者不能相提並論。但是，何曾想過這是一種在女權價值觀的 bug？至今好像很少人發現有這個 bug 存在？女人就這樣在下半輩子一直拜著不認識的一群人，也沒有任何血緣關係的一群人。最後在過世後，被放入那個不認識也不是自己的姓氏的小盒子內，留下的不再是妳的本名，而是誰誰誰的老婆、誰誰誰的媽媽、某姓氏家族的媳婦…。而那些曾奮力為自己爭取權利的女人們，卻還是栽在自己熟悉不過的倫理內，因為終究還是父系社會，無法去改變…。

女人獨立一點不好嗎？可能會被男人說太強勢…。
女人聰明一點不好嗎？可能會被男人說太難駕馭…。
女人能力強一點不好嗎？可能會被說把男人慣壞了…。

媽媽經常都會教女兒大絕招：裝做什麼都不會就好！如果妳什麼都會，那就會變成什麼都要妳去做！這樣妳日子會太難過！

但是，真的男人都該什麼都會？什麼都要幫女人做嗎？其實，心中不免存在一個大問號…。有時男人總有不方便或是不想做的時候，難道還要眼巴巴等著一個不會來的英雄拯救妳嗎？還不如自己一通電話，花錢請專業的來處理，可能都還會免去了生氣、吵架和冷戰的無謂過程。

「兩個人相互幫忙、體諒、扶持…」不是常出現在結婚的誓詞中？為何到了婚後生活，卻變成了一種「應該」由老公做，老公「應該」要聽話…。當然「暖男」是現在新世代的男性指標所在，大家都想扮演好一個「好男人」、「好老公」甚至「好爸爸」的角色，也是眾多女人所期待遇到的「白馬王子」。但是女人如果代了男人的工作，難道不也是「好女人」、「好老婆」甚至是「好媽媽」的象徵嗎？

「柔弱」不再是現今女人的代名詞，女人是可剛可弱、能屈能伸，我們可以因人事物而伸縮自如，也可以能力更加強大，更可以吸引到欣賞她的男人！端看女人自己如何看待自己？如何拿出自己的自信，成為自己的「女人」，而不再是「某男人」的「女人」！

情緒勒索

文：宛若花開

一波又一波，負面情緒如洶湧的海浪一直重重地打在身上，對，又是一個擦槍走火，一步錯步步錯，連同過去的所有舊帳，全部都打翻，再次躺在眼前。說出的每一字、每一句都是錯，終究詞不達意，都像是針扎在對方身上，但都並非本意，只是想趕緊把誤會解開…。

最終就是得認下所有的錯，連同過去的份，也都一併再次記上、算上，並做到永久的閉上嘴巴，才能讓這番怒火稍稍降息。即便擁有無數的幸福日子，還是敵不過這少數的是非夜晚，稍有些風聲，浪潮就會再高起，數不清多少個夜晚，是流著淚看天明，又流著淚沉沉睡去。但還是催促著自己快快將淚水擦乾，重新再來過，重新迎上笑臉！

隔天迎來的是一天天冷戰，不說話、不見面、不接電話…。掌控所有的生活節奏，要樂？要哭？只有她，說了算！我們得小心每一步，每一句話，才不會再次踩到地雷，才不會讓她再次抱著自己所有的苦，悲憤地哭著，述說著她這一段段悲慘的人生經歷，到頭來換取的卻是我們一次次的傷害…。

但何嘗想過？將其痛苦的經歷加註在我們身上，豈不也是一種無形的力量在傷害著我們？一次、兩次不為過，十次、百次、千次，要我們如何承擔得起？是，我們是做錯了事，我們也認份道歉，也盡全力彌補，但我們確是有苦說不出，完完全全不能說出口！這又是要我們該如何是好？

我們不是抗壓性低，而是我們心中恐懼。恐著小時候的噩夢一次次出現在眼前，懼著她是否又鬧著離開？要求一次次遞上，我們一次次接收， 加成上去， 就像無邊界般，一次次都到達不了，沒完沒了，永遠沒有滿意的一天…。

再這樣下去，會先崩潰的是誰？無人能知。只求這幾日風平浪靜，讓彼此靜一靜，好過日子。而好日子能撐住多久？誰也沒有個底。但是，每次的退讓和忍耐，都是一股沉重的石頭壓在心頭上，載浮載沉的。不知何時可能再翻起的波瀾，又拉扯出一道道新的傷痕，而心裡的傷新舊交錯著，就像是雙眼被蒙上，就像是喉嚨間被勒緊，只要不看、不說、不聽，假裝沒看到這些深底處的傷口，就能迎接一次次的太平盛世…。

小　腳

文：宛若花開

在桃園忠貞新村， 是 1950 年代撤退來台滇緬軍民落地生根的地方。為了生計，許多滇緬移民在忠貞市場賣起了家鄉味，也藉此慰藉自己思鄉之情。一如往常在忠貞市場逛著，想買點家鄉味解解饞。看著、逛著，無意間注意到眼前有位走路緩慢的老奶奶，一手扶著牆、一手拖著撿來的回收垃圾，突然一個不小心，老奶奶跪倒在地，我趕緊上前攙扶，幫老奶奶扶起站穩。

但老奶奶的腳似乎有些不方便，我從未看過這麼小的腳，順口問起：「請問您的腳是不是受傷過呢？」老奶奶回答：「我是小時候礙於家族關係，加上父母的期盼裹了小腳，所以才會走路這樣不穩…。」腦中閃過過去在家鄉的大戶人家的閨女，都會尊崇三寸之蓮的習俗，讓年紀小的女孩從小就開始裹著長長的布，走起路來搖搖晃晃，成了古代美觀的象徵。

不過在現代早已不同，本來是正常人的腳，卻為了所謂的美觀幾乎成了「殘廢」的狀態。一個順勢扶起老奶奶，一同走到附近可以坐著休息的地方，趕緊到附近買點水給老奶奶喝。古阿姨想著剛剛老奶奶的腔調有些熟悉，感覺老奶奶也不是臺灣人。

老奶奶說：「其實我已經年紀一大把，是年輕的時候跟著反共救國軍的軍隊撤退到臺灣來。本來在家鄉也算是大戶人家，在那邊只要提起谷氏家族，無人不知、無人不曉。」突然就像他鄉遇故知，雙手握起老奶奶的手說：「姥姥，我可以這樣稱呼您嗎？我也是從滇緬過來的，是小的時候因為母親改嫁，家裡的姥姥也在我很小的時候就過世，我就一個人無親無故的跟著軍隊來到了台灣。如果您不嫌棄粗茶淡飯，只要您需要，可以來我家中，或是我到您的家中，讓您有個熱湯熱飯可以吃。」

自那天起，我開始經常到老奶奶家中幫忙，陪著老奶奶聊著家鄉回憶，左右鄰居看著我跟老奶奶天天進進出出的，不禁開始閒言閒語。奶奶某天看著我擔心地說：「妳還是別再來了，鄰居都說著妳是貪圖我財產，雖然我知道我的家裡沒什麼好圖的，心裡也明白妳是真心對待，但總是這些話對妳不太好…。」

我笑笑地說：「姥姥，您就別擔心我了！要說，讓他們去說，在這世界上，我也沒有其他親人，妳就像我姥姥一樣疼我，我覺得可以再次擁有家人，已經是一件很幸福的事情！」我們倆相視而笑，老奶奶也沒再提起。

相伴的這十多年，也跟老奶奶建立起深厚的情感，好不容易擁有的家人，卻不知不覺就在一夜之間驟然離開…。但上帝就像聽到我的心聲，在一年之後，本來應該又一個準備出發回緬甸的好日子。但我拎起的不是行李箱，而是每日的菜籃，開始在忠貞市場忙進忙出。鄰居好奇問起：「怎麼今年沒有要回緬甸啦？」我邁著大步伐地說：「我重新有家人了，媽媽改嫁後再生的弟弟和妹妹託人找到我。我們終於聯繫上，他們明天就要來臺灣找我，我得趕快準備好迎接他們，先不說了，我趕快再去買些菜好招待他們！」

冥冥之中，好像老奶奶在天上照顧著我，讓我順利再度找到家人，可以再次享受親情的溫暖…。謝謝您，奶奶！

婚姻合約

文：宛若花開

當你牽起我的手，就像牽起我的全世界，我不再是一個獨立的個體，而是另一種生活形式的開始。我開始習慣事事跟著你，一舉一動、一顰一笑、一手一腳。走到哪，都是有我們共同的足跡、共同的故事，我們為著彼此的世界在轉，其他都只是外人與外物。

至少我一直天真的這麼想著，天真地以為你也是這樣地看著我、伴著我…。直到今日，我才慢慢了解，原來婚姻只是在結婚的那一剎那擁有最幸福的時光，你對我許下了終身的承諾，並在我們彼此的身分證與結婚證書簽下一式兩份的合約，我深信你會履行這份合約，所以，我不須白紙黑字寫下任何一字！只因，我相信你！

當你開始避開我的視線，開始嫌棄我靠近你的身體，我才意識到，真正最痛苦的事，是我坐在你身邊，看著你，而你卻視線緊盯著手機，跟其他女人聊得火熱。我一直試圖說服自己，這只是一時的意亂情迷，你終究還是會回到我身邊，因為我們是立下誓言、簽下契約的終身婚約…。

我開始亂了陣腳，找不到這合約上可以拉回你的任何一條合約依據，我無法找到合約上任何一字足以證明你還愛著我…。曾有幾時，你回眸看了我一眼，我感動地痛哭流涕，甚至差點就這樣原諒了你。但也就那瞬間一眼，而不是一眼瞬間…，這樣的事反反覆覆，次數多的不聖枚舉。我開始懷疑，你是不是當初立下合約的你？是不是適合現在的我？

那一點一點消逝的愛，我試著一點一點找回來，這條路上，不再有你陪著我，你永遠都在遙遠的對岸，即便我用力、努力地想要靠近你，終究是駛不出這個狹水灣…。

而你，終究脫口而出：我覺得我們分開比較好…。我只能兩行淚墜下，即便這條路上曾被你騙過無數次，我還是想挽回你，想挽回我們的承諾…。有人跟我說：「這些親近他的行為，對他來說都是一種壓力跟侵略，做這些事不只沒辦法幫妳加分，反而還會扣分，妳…還要繼續做嗎？」

但我心底只有一個聲音：要！我要繼續做！我要讓他看到我的改變，我不希望他毀約，我不甘心就這樣被外人打斷了我跟他的「婚姻合約」！我要他，我生命中無法沒有他，他已經是我的全部只要他願意回頭，我都可以既往不咎，讓我們重新開始，重新寫下新的婚姻合約…。

親密關係

文：宛若花開

我們女人總是拿不定界線和付出程度，只知道自己掏心掏肺後，剩下的都只是孤單與寂寞…。我們害怕的不是沒有錢，而是沒有你的心；我們擔心的不是不說我愛你，而是你的心已走遠；我們傷心的不是你說出多傷人的話，而是你早已下定決心這樣做，且不再回頭…。

想挽回，卻只是一直將對方往外推，自己卻在懊惱過去說錯的每段話，也怨男人為什麼聽不出自己愛他的心意？看不到自己為他的改變？糾結著環環相扣的相處問題，跨不過徹夜難眠的吵架癥結，女人卻不曾想過先好好愛自己…。

其實女人都知道，如何愛自己？怎麼做才是愛自己！我們也很清楚誰該愛？誰又不該愛？但我們心中仍保有一位勇敢追愛的小女孩，想追求的並非高、富、帥，而是一種安全感和穩定感…。如果可以，當然希望就這樣穩定一輩子！常說一輩子有多久，其實說長不長、說短不短，端看你對人生的感受，過的好，過的開心，就是時光飛逝！過的差，過的難受，就是度日如年…。

其實不求多，就這樣平淡地生活著，每天熱湯熱飯，等著另一半坐在飯桌前，聊著今天彼此看到的種種，即便只是聽著、看著、微笑著，欣賞著眼前的另一個他，沉浸在他帶給自己的幸福感！晚上坐在沙發上，靠他的肩膀，睡前躺在床上，躺在他的身邊，再也不是大風大浪，而是我們找到了專屬自己的避風港，一個讓自己可以安心一輩子的地方…。但我們總是誤以為這份幸福就是一輩子，但對方也是這樣想的嗎？即便是上帝也不清楚，因為只有當事人在這段親密關係中，他才是真正知道答案的那個人…。

我們害怕的不是沒有錢，而是沒有你的心；我們計較的不是不說我愛你，而是你的心早已走遠；我們傷心的不是你說出多刻薄的話，而是你早已下定決心這樣做，且不再回頭…。總是拿不定界線和付出程度，只知道自己掏心掏肺後，剩下的都只是孤單與寂寞…。而我們總在親密關係這門課，被對方打上不及格的分數…。留下的總是自己的自責與落寞，責怪上天總是刁難自己，催眠自己總是會好起來的…。無限惡性循環下，得到的終究只是解不開的數學題…。

但女人卻從未想過，自己是有機會可以踏出這個循環，自己是有機會看到不一樣的自己！只是不知道怎麼去正視自己？怎麼去面對問題？怎麼去拆解原因？更重要的是，我們都太注重在自己的情緒上，卻從未想過，對方更是需要我們的照顧，需要我們一起陪他重新認識親密關係，他才會知道，原來他也是可以跟我們一起幸福的…。

初為人父

文：剛田武

生小孩是人生大事，不只夫妻間該商討，該考慮的非常多，父母是否能偶爾代為照顧，享受含飴弄孫之樂，孩子未來可在那裡讀幼稚園、國小、國中，兩人的收入將暫時只剩一人獨撐，財務規劃該如何？因此夫妻同心非常重要，只要有一人無法配合，將會是一團混亂。

他家在菜市場附近，賣的是一些乾貨，年過三十五的他急著讓父母抱孫，於是跟她認識不久就結婚，看似一件喜事，卻以最糟糕的狀況進行著。婚後約十個月，小孩出生，為賺取更多的收入，他只好請父母親顧店，自己出去工作，但父母的年齡已近七十，體力並不好，所以她除了要照顧小孩，還得幫忙顧店、進貨、煮飯、洗碗。

他的工作非常辛苦，卻沒想到妻子更辛苦，孩子剛滿月，兩人已經大吵幾次，就在小孩斷奶一週後，她提出離婚的要求。她離開後，蠟燭兩頭燒的他，簡直痛不欲生，白天的工作已經讓他喘不過氣，下班後又要照顧小孩，餵奶、換尿布、洗澡、安撫，半夜還得起床，沒多久，他就瀕臨崩潰，父親重病住院差點壓垮了這個家，母親只好拿出棺材本，請了看護照顧父親，否則這個家就完了。

不到半年父親病逝，母親鬱鬱寡歡，經常一語不發，甚至還把父親的死怪到孩子頭上，所以都不跟他說話，他也因為太累，很少跟小孩說話，所以小孩到三歲還是不會說話，只會非常簡單的《爸爸、好、不好、不要》等字，小孩跟他的祖母感情並不好，堅持不叫阿嬤，連看都不願意看一眼，他發現事態嚴重，追問自己的母親，才知道母親會無故打孫子，而且常常讓他餓肚子，難怪兒子的體重明顯不足。

長期營養不良，還有祖母的虐待，造成小孩有發展遲緩的狀態出現，最明顯就是語言，因為他根本沒有說話的對象，連自己的父親都很少跟他說話，難怪會造成這樣的問題。當他意識到問題很嚴重時，不止小孩有問題，連母親也出問題了，她得了憂鬱症，萬不得已的狀況下，他只好拜託自己的弟弟回家照顧母親，也順便顧店，不過弟弟沒答應，因為他的弟弟也剛有小孩，分身乏術，他只好把工作辭掉，自己照顧母親跟兒子，靠店面的生意勉強維持生計。目前小孩的狀況進步不大，身高體重明顯不足，語言能力幾乎沒有進展，真的讓人心疼。

迷上科幻小說

文：剛田武

年輕時就已經很愛看小說，而各類小說中，又以科幻小說為最愛。在中學時代，經同學的介紹，認識了衛斯理這作者，看過後真的一發不可收拾，從此迷上了科幻小說。更正確來說，應該是迷上了倪匡的衛斯理傳奇小說。

回憶《妖火》這本小說，不期然想起三十多年前所看的版本，封面人物是亞洲小姐陳奕詩，那時是明窗出版社，將衛斯理的小說整理後再版發行。

它是「衛斯理系列」中第一部包含科幻元素的作品，這之前的《鑽石花》及《地底奇人》則是奇俠小說，並非科幻。《妖火》不僅內容豐富、結構緊密，而且盡顯倪匡前輩匠心獨運的創意。環繞第二次世界大戰結束後二十多年的日子，牽涉到世界大國的起跌得失，引入人勝。至少故事提及到的高端科技，是有實現的可能。

故事的開始就是來自古老大宅，在濃霧中出現的神秘妖火，一切事故，都因此而起。

似乎小說主角都會交上好運，僅僅第三個衛斯理的故事，就出現第四位傾情於主角的美女，這次是張小娟（前三位依次為：黎明玫、石菊及白素）。這叫人妒忌、羨慕、氣憤：「天啊！為什麼幾乎個個遇上衛斯理的美女都對他一見於心？難道衛斯理的樣子真的如電影《衛斯理傳奇》的許冠傑一樣嗎？不過，這世界本來就沒有公平，而更重要的是，這只是小說，當然任何事情都有可能發生的。

故事還提到，野心集團的海底總部，設備齊全，而且先進，而且，還有不少德國、日本等科學家，足可以看得到野心集團能力之大。

當然，凡事沒有完美，故事也有可以犯駁之處，例如為什麼衛斯理把司機困在升降機頂後，司機一直都沒有醒過來？若不是種種巧合出現，衛斯理的計劃豈會行得通？

即使如此，瑕還是不能掩瑜。倪匡先生注入改變動物基因及人可化作冬蟲夏草的橋段，創意及前瞻性兼備還有吃草的黑豹，真的是一種非常有意思的想法。

故事壓軸一幕出現的大人物更是呼之欲出。在那些年已有般前衛的創意，實屬難能可貴。

看過這故事後，便陸續追看其他衛斯理故事，當中有不少故事都會令人深思，讓人印象深刻。

副業的問題多多

文：剛田武

很多人因為經濟的壓力，選擇多一份副業，甚至好幾份，不論如何，目的都是想多賺一點錢，這絕對沒錯，但卻是要付出代價的，不管代價為何？輕者損失時間，重者危及性命，絕不可輕忽了代價的殺傷力。在電腦軟體越來越進步的現代，很多工作開始消失，導致低薪的工作越來越多，我們無力改變，只好改變自己，延長工作的時間。

她是單親媽媽，獨自撫養兩個不到十歲的小孩，白天到工廠當機械操作員，領的薪水比基本工資略高不到 2000 元，所以只好在下班後馬上回家，把小孩的晚餐準備好，然後匆匆趕到餐廳收拾碗盤、洗碗、洗地板，等回到家的時候，小孩早已上床睡覺，日復一日，兩個小孩都國小畢業後，她不再需要準備晚餐，但小孩的學費、餐費、補習費等，壓得她幾乎快垮了，她只好在假日又兼了一份工作，沒多久她就累倒了，這一病，生計即刻出現危機。

她是公司的會計，下班後便立即趕到另外一家公司，路途不算近，要三十分鐘，下班回家又要三十分鐘，上班四小時，所以一天中除了睡覺，屬於她的時間少之又少。她沒在工作時累倒，而是在騎車回家的途中打瞌睡自撞，車毀人傷，住院數週，而且必須花不少時間讓骨折的右手跟右腳復原。

他的副業是在假日當搬家工，專職的搬家工，知道大部份的大型傢俱怎麼搬、怎麼放下、怎樣上下樓梯，可是他算是菜鳥，一個又重又長的實木電視櫃，讓他付出慘痛且無法挽回的代價，韌帶斷裂，從此無法搬運重物，復健的時間遙遙無期，花了很多錢、時間在治療跟復健上，得不償失。

副業的最大問題在於工作所需時間過長，加上路程、主業，隨便都超過 13 小時，很多人都達到 14 小時，如此長的時間，身體的疲勞逐漸累積，什麼時候會把人壓垮？沒人知道！尤其是正業與副業都是勞動的工作時，沒幾個人受得了，我在年輕時認識一個女孩，每天只睡五小時，兩份八小時的工作，我勸她要把其中一份工作辭掉，找一份時間較短的副業，她沒聽進耳裡，聽她的主管說，她在上班時忽然倒地，接著就再也沒進公司，在家休養身體近半年，之後的狀況我並不清楚，不過這樣的代價實在太大了。

可怕的教訓

文：剛田武

那是三年前的事了，他的工作是一名沖床操作員，工作非常辛苦，噪音也很大，但薪水還不錯，所以他就在同一家工廠待了快十年，直到出事那天。前一晚，他跟幾個朋友喝酒、聊天到凌晨四點，只睡了三小時就起床，早上的精神狀況還可以，吃過午餐後，他開始昏昏欲睡，一個不小心，左手只有拇指沒受傷，其餘四指的前端都被沖床壓成肉餅，雖然緊急送醫，但難逃截肢的命運，四根指頭都只剩下一半。

他的同班同學，在一次同學會時跟他碰面，在室內卻戴著墨鏡，一問之下才知道右眼失明。那一天，天氣很熱，應該戴上護目鏡工作的他，因為汗流浹背而看不清楚，索性把護目鏡拿掉，剛好切割的材料有瑕疵，碎片直接插入眼中，痛苦的他倒在地上哀號，此時工廠只有他一人，拖延了一個多小時才到醫院，醫師檢查後告訴他噩耗，他的右眼再也看不見了。

另一個同學，則是害了自己的同事，他是一台傳統車床的操作員，生性調皮的他，想測試一下機器極限，於是將轉速提高到每分鐘 2000 轉，並且把刀具靠上去切削，沒想到原料承受不住巨大的力量，離心力將兩公斤重的原料甩出，他沒發現自己闖下大禍，若無其事的繼續工作，《啊！》的一聲，他的同事就倒在地上，不過沒有被人發現，因為工廠的噪音很大，直到廠長巡視，他才被人發現，緊急送醫後，才知道肋骨斷了三根，帶著部份的粉碎性骨折、錯位，還有氣胸、血胸、肺部挫傷。

工廠是非常危險的，任何人的失誤，都可能危害到別人的生命安全，但工廠外，也有可怕的危險等著，那一年，我只有十歲，隔壁班的同學找幾個男生玩大龍炮，如果引信的長度夠，鞭炮不算太危險，偏偏有一個不認識的男生，選擇了錯誤的方式施放，他左手拿打火機，右手拿鞭炮，點燃後沒有立即丟掉，反而右手向後再向前，這是個致命的失誤，鞭炮還沒離手就爆炸了，兩根手指不見，手掌的肉也爛得很慘，血肉模糊並噴得很遠，有幾個距離較近的男生被血肉噴到，至於後續的狀況我不清楚，因為我沒有跟去醫院，隔壁班同學也沒告訴我，但親眼看著他的兩根手指斷掉噴出實在太驚悚，從此以後，我對鞭炮便心存敬畏，能離多遠就多遠，子彈不長眼睛，鞭炮也一樣啊！

按部就班運動

文：剛田武

運動就跟唸書一樣，有幼稚園小班程度，也有大學、碩士或博士之分，因此基礎是非常重要的，該怎麼訓練？訓練量多少？何時可以進階？都是功課，做錯了，就會受傷，運氣好的很快傷癒，也有人花了非常久的時間復健與治療。

每個人的體質不同，有人天生就能百米跑十秒，而大部份的人，永遠不可能達到。彈性好的人，身高僅 170 卻可以灌籃，彈性差的，跳起來的高度可能僅 30 公分，協調性則是另一門功課，所以沒那麼容易的。

若是一般人的運動，也是要講究的，訓練計劃是否可行？目標是什麼？如果只是很隨性的玩玩，很容易就悲劇收場。那是很久之前的故事了，我拿著籃球，乖乖地在場邊熱身，旁邊的草地上，一對父子正在打羽毛球，那位父親一時興起，跳起來全力扣殺，落地時我聽到了一個熟悉的聲音：《啪》，我當時就知道，又有人要去開刀了，是典型的阿基里斯腱斷裂，唉！人的年紀到了，真的不能逞強，十幾分鐘後，救護車來了，他被抬上擔架送醫。

另一個例子是曾為區運奪牌選手，名字保留，我當時還小，是他的小粉絲，他在體育場比賽三級跳遠，壯碩的腿部肌肉、結實的上半身、黝黑的皮膚、風一樣的速度起跳，卻在右腳著地後跌倒，痛苦的哀號著，隨後就被擔架抬走，到底是那裡受傷我已經忘了，我只記得他告誡我，千萬別練三級跳遠，這不是一般人可以玩的，那次起，他的成績越來越糟，接著就宣佈退休了。

這輩子，只遇到一位跑得比我快的女生，她是我的鄰居，有原住民的血統，皮膚黑到有些誇張，國小時她就有點知名度了，拿了短跑金牌，上了國中之後，她進入田徑隊苦練百米低欄，但她其實天份不太夠，百米速度約 12.5 秒，雖然贏過大部份女生，但這在比賽稍微差一點點，終於在二十七歲那年拿了一次金牌，當她不跑之後，才告訴我已經肌肉拉傷多次，無法再比賽，這是許多運動選手的宿命，就算傷好了，沒人能保證還能跑多久？有人運氣好，傷好了還能叱吒風雲，但也有人受傷就直接報廢，永遠無法再參賽，而一般沒有受過訓練的人，請乖乖的按部就班，該怎樣就怎樣！千萬別跨級，除了被電的心理創傷，主要還是強度不同，根本無法應付那麼激烈的運動，不用說，勉強想要取勝時，受傷是必然的，能否快速復原，要看個人造化了。

腦內啡的作用

文：剛田武

腦內啡是一個非常神奇的荷爾蒙，可以抗憂鬱、鎮靜、止痛、減輕壓力、增加自信，還有最重要的助眠，是的，它可以讓我們睡得更好，很多人依賴藥物入眠，卻不知腦內啡就可以達到更好的功效。

要怎麼讓身體分泌腦內啡呢？最常聽到的就是慢跑或有氧運動，當心跳達到每分鐘 130 下約 20 分鐘後，它就會開始分泌，每個人體質不同，有些人可能會更早，有的人則可能需要半小時以上，重點就是心跳速度要維持在每分鐘 130 下之上。如果你是不想運動的人，其實還有一個很特別的方法：大笑，找一部或兩部能讓人捧腹大笑的電影或是影片、漫畫，總之，能讓你一直笑的就行，笑個半小時到一小時，腦內啡也會分泌，但這個方式好像不怎麼適合天天用。

不想運動也不想一直笑，那就試試練習深呼吸吧！讓身體一直處於深呼吸狀態，幾小時後，也是可以達到相同的效果，同時因為深呼吸可以達到類似氣功的效果，所以也是一種非常好的習慣。食物方面，巧克力、辣椒也有助分泌腦內啡，看到自己喜歡的事物、聽到自己喜歡的音樂、輕鬆的泡澡也都可以達到一定的效果，所以培養自己的興趣，讓自己沉浸在喜歡的事物中，應該也可以達到類似的效果吧？雖然這是我的推測而已。

有一種方式是不好的，那就是含糖食物也會刺激腦內啡分泌，所以心情不好時，大吃那些含糖的食物就能安定心情是有道理的，不過這個方法不好，會讓人變胖而且不健康，並不推薦，只適合偶爾用，畢竟血糖飆高之後會讓人昏昏欲睡，腦內啡可以讓他們睡得更好，因此只適合那些正在低潮的人，一睡可以解千愁！最後一種是談戀愛、做愛，談戀愛跟大笑及自己喜歡的事物類似，大腦感受到的就是快樂。做愛也會分泌腦內啡，但前提是必須達到性高潮，如果沒有，那也是白搭，記得年輕時在做愛之後，很容易入睡，當時以為是自己太累了，後來才知道是因為腦內啡的作用，讓自己的睡眠品質變好，對照身邊的人，那些經常失眠的女性，真的有很多都是幾乎不做愛，或是性生活不協調，而以上所言，都已經有許多研究報告，上網搜尋就很容易找到，差別就在於你知不知道？知道以後會不會運用？能否持之以恆？

運動是健康還是受傷？

文：剛田武

年過半百，很多人開始想要運動，理由其實非常單純，就是想要得到更健康的身體，卻不知已不再年輕，許多潛在的危險正在前方等著，稍不留神就終身帶傷，沒有痊癒的機會。在運動之前，該想清楚潛在的風險，仔細評估，然後才投入，這非常重要，這關係到七十歲以後，能否行動自如，或需要有人照顧，後者除了心理、身體、金錢的沉重負擔，也會造成子女一定的困擾，正所謂牽一髮而動全身，不能不慎重。

一位朋友買了一部約十萬元的自行車，沒熱身就興沖沖的開始騎，愛面子也愛逞強的他，一下子就完成 60 公里的距離，臉書上也貼出這次的行程，第二天，他發現兩腳的膝蓋都怪怪的，外側副韌帶似乎受傷了，腳伸直也痛，彎曲也痛。雖然這不是什麼絕症，但也必須找到正確的醫院，做最適當的療法，例如我曾經做的震波療法，三次之後，就幾乎沒有再復發，在那之前，我痛了五年之久，因為沒有被正確的診斷，也沒有找到正確的醫院，朋友的運氣不錯，我介紹他找到這家醫院，使用相同的療法，只花了幾個月就恢復正常。

另一個愛逞強的朋友選擇較激烈的籃球，又跑又跳，但這還好，他以為自己還年輕，於是一會背後運球，一會轉向過人並切入上籃，幾天之後，開始發現各處都有傷勢，最糟的是跳投後落地，《啪》地一聲，阿基里斯腱斷裂，完全無法站立。熱身不足，是阿基里斯腱斷裂常見的原因，也是許多人受傷的主因。還記得國小時入選跳遠選手，當時老師都會讓我們有足夠的熱身，所以同校的選手很少受傷，但有次比賽，親眼看到別校的選手跑到一半就跌倒，大腿後方肌肉拉傷，這裡的肌肉拉傷會好，但何時會再受傷沒人知道，像顆不定時炸彈，隨時威脅著他。

爬山夠溫和了吧！沒錯，但上年紀不能爬太快，否則膝蓋跟肌肉都會吃不消，什麼時候會出問題誰也沒把握，就算沒受傷，如果只喝水，卻剛好電解質失衡，造成抽筋也很嗆人的，因為直昇機不是每個地方都能到的，像台中四號步道，非常陡峭，有次就遇到女生腳抽筋，進退兩難，經過按摩與喝下半瓶運動飲料，才漸漸好轉，其實這些都是能夠避免，但有時就是一時疏忽，或是懶得熱身，換來的就是慘痛的教訓。

用心看世界

文：剛田武

當我們習慣用雙眼看一切事物，總會發現某些事不是如表象般，有些甚至會跟看到的是完全相反的，此時我們必須靜下來，用內心去感受，到底看到了些什麼？為什麼會南轅北轍？而真正的意涵又是什麼？

就拿電影來說好了，我們總會看一下影評的想法，再決定是否進戲院看新電影，又或者看一下網路對該電影的評價如何？但我們是否想過，那些都是別人的看法，又或者說是別人的感覺而已，至於電影本身的真正意涵，又有多少人是真正讀懂了？導演想表達的，我們是否真的接收到了？

又例如書本，我們不提文字是否華麗，甚至艱澀，或者淺顯易懂，我始終相信，任何一本小說或是散文，甚至幾句簡單的話，都可能成為轉變一個人的重要關鍵，只要讀者願意用心去讀，而不是只透過雙眼，讀的人如果想像著書中的畫面，那麼他能得到的，就會遠遠超過一般人能得到的，也許暫時得到激勵，也許脫胎換骨，如同得到神兵利器，或是神力。

舉個近代最知名的例子好了，哈利波特（Harry Potter）這個系列的小說，在大受歡迎之前，作者（J. K. Rowling）先後被四家出版社拒絕，並且生活困苦，直到一家出版社老闆的八歲女兒讀了第一章之後，這部小說從沒人要的窘境，轉而變成大受歡迎，一個八歲的小女孩，用純真的心靈，讀了這部小說的開頭，改變了她自己，也改變了她的父親以及出版社，改變了羅琳，讓她成為富豪之一，最後改變了世界，幾乎整個世界都圍繞著這本小說在轉。

她帶動了許多人拿起小說，投入書中的世界，也讓奇幻小說再度主宰了小說界，例如魔戒、龍騎士、納尼亞傳奇、波西傑克森、時間之輪、魔獸系列，還有中國的名著西遊記等等，這些小說有些甚至早已完成，例如哈比人是 1937 年出版，魔戒首部曲是 1954 年出版，但它們幾乎都是跟哈利波特同時爆紅，或是再度受到眾人矚目。

當我們學會了用心看世界，一粒沙可以是一個世界，一隻螞蟻可以是一個世界，當我們的思維跳出原有的籠牢，世界便充滿了無限可能，內心世界的強大力量，將引領我們走向康莊大道，而這一切，都必須先將你的心門打開，別害怕，如果把心鎖住，它會變成可怕的怪獸吞噬你，相反的，心門開了，它會變成你的天使、貴人、導師、守護神等等，讓你一生都受用。

水庫見底看見的問題

文：剛田武

颱風對台灣人來說是又愛又恨，既期待它帶來雨量，讓民生用水無虞，又怕被它產生的災害給傷了，甚至帶走生命、財產。但這也是迫於無奈的，台灣的河川幾乎都是又陡又急，就算年雨量超過 2000 公厘也無濟於事，只能眼睜睜看著它來匆匆，去也匆匆，解決問題的唯一方法就是建水庫，但處於地震帶的台灣，曾經因為 921 地震毀了石岡水壩，目前已經修復，不過未來仍有可能因為地震而損壞其他的水庫或水壩的。

水庫的另一個問題是淤積非常嚴重，霧社水庫已近八成，白河水庫已停止蓄水，而霧社水庫更因為上游的問題，幾乎已判死刑，也就是說沒救了，只能靜靜地等死，其他的水庫如曾文水庫、石門水庫的狀況也不算很好，淤積率並不少，可惜清淤不易，所以只能挖多少算多少，不可能完全清除。已目前的狀況看來，缺水可能是常態，原因非常多，除了用水量增加，管線漏水也是非常大的問題，許多老舊的管線，正在缺水的傷口上灑鹽，而半導體的龍頭台積電，更是用水的超級大戶，每年約 6000 萬噸，即 6000 萬度，這個數字相當於 50 萬人的年用水量，雖然已經大量回收再利用，不過還是會對缺水造成一定的衝擊。

另一個嚴重的問題是外來種已成為生態殺手，種類繁多且數量已經失控的狀況下，本土魚類或是水生動物的生存空間大受影響，例如福壽螺、美國螯蝦、魚虎、食人魚、琵琶鼠、鱷龜、巴西烏龜、紅尾鴨嘴、虎皮鴨嘴等等，造成難以回復的生態浩劫，不論我們怎麼抓也不可能根除，能把數量控制就已經非常困難，但傷害已經造成，許多本土物種被吃掉，或是生存空間跟食物的排擠，造成了族群的縮小，最後的結果很可能是絕種。

台灣因水費不高，所以在無形中養成浪費水資源的情況，所以省水設備的設計與使用並不熱門，其實我們可透過設計加壓，把每次洗手的水量大幅減少，也可以使用在蓮蓬頭上，大的社區甚至應該設計雨水儲存系統，拿來澆花或是消防用，總之就是要想辦法省，例如洗澡時要等水熱，我會拿個水桶把前面的冷水儲存起來，當成沖馬桶用的水或是消防用水，能夠不泡熱水澡就不泡，而兩段式的馬桶也是可以省下不少水的，我已經養成了這樣的習慣，也希望大家都可以這樣做。

改變 NBA 的球星

文：剛田武

從八零年代就開始看美國職籃 NBA，那是洛杉磯湖人跟塞爾提克統治的年代，九年的時間裡，兩隊合計拿了八次冠軍，之後由防守兇悍的底特律活塞打破了神話，連續兩年冠軍，然後才是籃球之神麥可喬丹的公牛王朝。

每個冠軍背後，都有至少有一個重要球星，和無法缺少的助手， 有些球隊則是雙星或是三星，不論如何，他們都對日後的 NBA 產生巨大的影響。例如湖人的中鋒賈霸，身高與臂展的概念一直延伸到現在，他的隊友魔術強森的精妙傳球，多少年來仍然被許多後輩學習或模仿，而公牛王朝迎來的是快速移動與傳球，以及最矮籃板王羅德曼所帶來的衝擊，原來籃板球可以由矮一點的人來搶。

事實上，在他之前，還有個更矮的籃板王惡漢巴克利，身高為六尺六寸，這樣的概念也延伸到了目前的金州勇士上，格林雖然不像羅德曼那麼會搶籃板，但被放在相同的位置與功能上是無庸置疑的，教練甚至加強了他的傳球功能，讓他的破壞力更強。

而最近幾年 NBA 球風，是被金州勇士的《浪花兄弟》柯瑞與湯普森聯手改變，兩人精準的三分球攻勢，經常打得對手毫無招架之力， 若不是因為湯普森 2019 年冠軍賽中的一次快攻被對手從後方輕推而改變重心，造成落地後嚴重受傷，也許勇士王朝還會延續到現在，甚至更久。

當其他球隊紛紛加入三分球投籃的同時，意味著長籃板球的增加，也意味著快攻的速度更快。在失去最重要的助手之後，柯瑞顯得非常無奈與無助，年輕的球員心理素質尚未成熟，球技不夠全面，導致球隊戰績起起伏伏，但他讓自己更進化了，除了球技，還增加了自己肌肉的強度，還有更多跑動，只可惜湯普森又在去年傷了阿基里斯腱，看來《浪花兄弟》再度合體已經遙遙無期。

無論是那一位傳奇球星，背後隱藏的意義幾乎都是相同的，他們必定是不斷練習，才能達到我們在電視上看到的樣子，絕不會是一天只練個五次十次，而是五百次一千次，甚至更多，當這些動作已經變成反射動作，才有可能達成他們的成就，越自律的就越厲害，稍微放縱的也許可以靠天賦，但終究會出問題，歷史上出現過許多這樣的球員。

柯瑞的傳奇是現在進行式，激勵無數的球迷與球星，甚至連對手的球迷都會尊敬他，希望他能繼續寫下更多紀錄，這位曾經不被看好，卻徹底改變 NBA 球風的當紅球星，讓我們清楚的知道，別人的看法不一定是對的，甚至大多數且專業的看法不一定是對的，經過不斷的努力，還是有可能讓他們跌破眼鏡，成為傳奇。

從以前治安看現代的新聞

文：語雨

最近幾個月發生許多新聞，最大幾宗的新聞大概是網路紅人館長中槍、F-5E 戰鬥機墜毀，以及最讓我心痛就是馬來西亞女大生被姦殺案件了。

家中長輩看見這幾個月的新聞後，常常掛在嘴邊，以前的治安多好，民風多麼純樸，鄰居多麼熱心相助之類的。

我聽了真想說，你們在幻想是不是？那時代的你眼睛被蛤仔肉糊到？

在民國八、九十年代，當我還是學生的時期，罪犯在台灣才叫做專橫跋扈，黑槍到處氾濫，警察吃案或貪污情形層出不窮，只要有錢，連黑道都可以混到立法院，犯罪集團走私軍火弄來武裝，幾乎可以跟台灣的霹靂小組對抗。

同時期還有劉邦友滅門血案和彭婉如命案，那時綁架撕票案頻傳，最有名就是白小燕撕票案，三個綁票犯的名字當時是如雷貫耳，更別提張錫銘那種率領一拖拉庫的小弟，提著機槍跟警方對幹的悍匪了。

那年代新聞出現全是猖獗的犯罪集團，搶銀行、殺警奪槍和綁票殺人時有所聞，吳新華和林來福讓我印象最深刻，吳新華強盜殺人，十四條生命喪在他的槍口，逍遙了六年多才被逮。

而林來福更扯，在光天化日下行兇殺人，逃了四年才被逮，期間仍然不斷犯罪，手上二十七條人命，被逮時在車上發現一卡車的手榴彈和槍枝。

至於立委、議員和警察更是愛做什麼就做什麼，刑求和恐嚇樣樣來，比流氓還要流氓，過高屏溪殺人無罪，聽過沒有，就是以前的議員口中講出來。

重大犯罪不提，當時飆車族沿路砍人也有聽過，抽戀愛稅的小流氓到處都是，路上不小心隨便瞄個幾眼，那些小流氓就會圍上來揍人，那時父母不敢讓我們在夜間出門。

現在治安真的漸漸變好了，官員、警察素質真的提高，上午出現超商搶劫，下午犯人就會被抓到，搶銀行更是近十年都沒有聽過了。

台灣真的在進步，但進步的速度還是太慢了，真的太慢了。

槍枝氾濫問題還是沒有解決，從網路紅人館長中槍到現代這兩個月之間，到底還有多少槍擊案發生？我看新聞絕對不只三起……

馬來西亞女大學生這種人神共憤的案件還要再發生多少次？

台灣的學子到底能不能安心走在路上？

還有……多少個父母親子會為此心碎呢？

愛總是不由自主

文：語雨

一九九四年香港上映一部電影，片名金枝玉葉，由袁詠儀、劉嘉玲、曾志偉和已故演員張國榮主演。

我看的是數年後在第四台的重播，當年看一遍並沒有什麼感想，只覺得張國榮和袁詠儀的互動很有趣，而曾志偉飾演的胖姨非常搞笑，如果十幾年過去，我再次重溫時，不知不覺多了一份感動。

在電影中，劉嘉玲飾演歌星玫瑰，張國榮則是劉嘉玲的監製兼男友家明，兩者不但在演藝圈是炙手可熱的巨星，更是人人稱羡的金童玉女，曾志偉的角色則是演藝圈大前輩，也是張國榮的心靈老師，同時是公開出櫃的同志。

身為主角的袁詠儀很崇拜這對歌壇上的情侶，有一天聽到他們公司招收一名男歌星，並由張國榮親自培育，袁詠儀當下就女扮男裝去參加選秀會了，順利的被選上成為新人，還被張國榮誤認為同志。

我在重溫時很想吐槽，現場竟沒人看破，莫非大家的眼睛只是兩個洞嗎？不過無厘頭也是當時香港的重要特色。

在培育新人過程中，張國榮逐漸被袁詠儀吸引，又不肯承認自己是同志，原因或許是當時的華人社會對同志比現在還要歧視，又或者明明女朋友是劉嘉玲這種圈內響噹噹的性感美人，自己卻喜歡上連胸部都沒有的假小子，說出來會被人笑掉大牙，男人挑戰事業失敗沒關係，不過絕對不能沒面子。

當張國榮追問曾志偉這個出櫃的大前輩自己是不是同性戀就特別搞笑，曾志偉不斷開導張國榮，但是張國榮依然察覺到自己對袁詠儀的感情越陷越深而深深的苦惱，而且他發現袁詠儀也被自己吸引，於是……終於選擇離家出走了，逃避這一切。

當飾演女友的劉嘉玲終於找到憔悴的張國榮時，兩句對白十分經典。

「知不知道全世界的人都在找你。」

「找到沒有，找到了告訴我一聲，我自己也找不到。」

我覺得這就是貫穿全電影的台詞，當然，張國榮精湛的演技也令我十分感動，讓人感嘆愛這麼的不由自主。

我們是家明與玫瑰，人人稱羨的金童玉女，從劉嘉玲激動的聲音到張國榮以萬念俱灰的語氣說著，我們已經不能在一起了。

張國榮不想傷害，卻必須傷害劉嘉玲的心情躍然於螢幕上，兩人毫無疑問是有情的，但是這份情卻已然不再是愛了。

另一方面，袁詠儀在友人的鼓勵下，穿起女裝去見張國榮，當兩人感情終於決堤了。

「男也好，女也好，我只知道我喜歡妳。」

那年的香港電影沒有特效，沒有經費，以細膩的手法去敘述故事取勝。

這部電影是我童年的一部分，不過真的要等到長大才能體會到裡面的甘甜，愛讓我們無法自主，但是我們卻可以選擇主動追求。

宿舍裡的魔界料理

文：語雨

九七年時我兵役當結束了，興沖沖的離開軍營，臨走前拍拍值星哨學弟的肩膀，擺個退伍就是爽的表情，學弟只是默默的對我豎起中指。

不知道是否學弟的祝福，當我正要找工作時，發生席捲亞洲的金融海嘯，台南廠商倒的倒，裁員的裁員，這下子可不得了，在南部根本找不到工作，於是在親戚的介紹下，我跑到台北去工作了，離家十萬八千里。

我在台北找到工作，員工有宿舍可以住，是兩人住一間，不過我們那棟樓六個人，其中有兩個人上夜班，除了放假以外，很難見到。

因此，連同我室友和其他兩人算是相對比較熟悉，下班會打打屁聊聊天，或一起玩電腦遊戲，輸的就負責買便當。

住在宿舍要不了多久，我們發現很嚴重的問題，那就是這幾個月中餐吃便當，晚餐吃便當，吃得一肚子油膩，實在不想再吃了，我們宿舍裡面有廚房，於是我提議自己來作，但是我們這夥人，沒半個有下廚的經驗……

沒關係，中華一番、將太的壽司和天才小廚師這些漫畫，我們都看得不少了，放輕鬆，放輕鬆。

「活了！它活過來了！」

室友叫聲活像在科學怪人演出的科學家，演技有些微妙的逼真，令我更不爽，於是我們三人就合力把那烏漆摸黑的奇妙生命體硬灌入他的嘴巴。

這時我才發現，原來自己是魔界的料理人，端出來的料理連惡魔都會落荒而逃，這下子可怎麼辦？我們還得意忘形，買了一大堆食材。

有料理的疑問就要問老母，於是我打電話回家求救，有時候上班空閒的時候打，還網路上找資料來查，經過三天不懈努力，盤中的玩意終於不再是不知名狀的異形物體。

這是一盤炒高麗菜，這玩意可以吃，還挺好吃的，雖然配菜只有一盤，我還是將菜汁澆在白飯上，吃得不亦樂乎。

成功之後，那三個傢伙把做菜的任務推給了我，其實我也不討厭研究料理，漸漸的，餐桌上的料理越來越多了。

發薪日，我們就去市場買大量的牛排，放進平底鍋煎，要煎多少就煎多少、要幾分熟就幾分熟，牛排醬和蘑菇醬拼命加，那味道可香了。

直到某天，我們要清工廠機器的排水孔，一條魚就從裡面跳出來，天才的朋友突發奇想，抓了回來說當今晚的晚餐。

我也不知道是什麼魚，觀察半天，決定拿來煮魚湯，那條魚沒有魚鱗，我只是把內臟和魚鰓都挖出來，就丟到水中去煮了。

當晚，所有人的肚子都像起跑的 F1 賽車，轟轟作響，然後，就被救護車送進醫院了……

知道我們連魚的種類都不清楚就抓來煮魚湯，我永遠都記得那醫生的囧樣。

這也算是我人生歡樂的一頁……

從電玩連結的情誼

文：語雨

九十年是各種街機開始蓬勃發展的時期，各類型的遊戲琳瑯滿目，尤其是雷電、快打旋風和吞食天地等諸多遊戲，如果當時的男孩子沒拿著硬幣，玩上幾次，那簡直不能稱為學生了。

當年家長生怕孩子落後給別人，各個學生放學還要都補習，每天都要補，比黑心企業還要黑，那種鬱悶的學生生涯，大概只有漫畫和電玩能夠稍稍撫慰我們的心靈，那時又沒平板、手機，因此租書店和街機店滿大街都是。

補習班下課或休息期間，我拿著硬幣就直接往外衝了，坐在喜愛的機子前面玩了起來。

由於休息時間不多，所以回去時間掐得準，所以我總是選擇格鬥類型去玩，能多打一場就是一場，打輸了就走人。

不知道是否我對於格鬥遊戲有天賦，還是對手都是菜雞，只要我坐下來，不管多少人來挑戰，全是鎩羽而歸，看見我將對手虐成狗，後面排隊的人總是一陣歡呼、大笑，十分熱鬧，身為小屁孩的我鼻子也是抬得老高。

這種情形一直維持到我國三，那時老闆新進了一台格鬥遊戲機子，叫做格鬥天王，當年的格鬥遊戲，只能選擇一個人物，用那個人物從頭打到尾。

而格鬥天王竟可以選擇三個人，這下子小屁孩們可激動了，人人都搶著玩，我三兩下就熟悉人物操作，玩得不亦樂乎。

不過大概是知道洗衣店是附近學區唯一有格鬥天王的機子，連生面孔的學生也跑來湊熱鬧，直到有一名小學生在我旁邊坐下來。

哼，小弟弟，就讓大哥哥讓你見識社會的殘酷吧！

然後，我就被打得落花流水，對方並不是生手，用一個人物就完勝我三人，自尊心破成一片片的，我就哭鼻子跑了。

往後那一年，我千方百計去挑戰小學生，但是對方總是打得我屁滾尿流，我從來沒有被打得這麼慘，也從來沒有見過這麼討人厭的小學生。

就在這種挫敗下，我平安升上高中了，升上高中第一天就發現小學生就混在教室裡面。

怎麼原來你不是小學生啊？

現在的租書店一間接著一間倒閉，會在小巷開的網咖和街機店也淪為稀有，即使有，進去一看，一群人排隊等著看的景象也看不見了。

時代的進步，家長也開明起來，人人家中都有一台主機，誰會特地跑到外頭去玩電動呢，人聚在機臺面前圍觀，不時爆出歡呼、大笑的熱鬧場面再也不見，總覺得非常寂寞。

十幾年過去，也出社會工作了，當年那名小學生更加囂張，變得比我還要高，偶爾我們出去吃個飯，打打保齡球，最後總是會跑到遊樂場，再去玩一遍格鬥天王。

從糖豆人悟得的人生道理

文：語雨

某次在網路閒逛看見直播一款遊戲，操縱肥短的小人跑障礙賽，看見直播主時而被旋轉的地板甩出去，時而被黏液滑倒，還被粉絲陷害摔到岩漿之中，只好一面罵著髒話，一面重新玩過，等到才察覺時，已經在 Steam 買下這款遊戲。

這款遊戲名字就是糖豆人。

對於一款遊戲來說，糖豆人的入門門檻實在很低，動作只有奔跑、飛撲、跳躍和抓取而已，非常簡單。

在網路上看見那群直播主在網路上玩得亂七八糟，明顯跳不到的距離卻硬跳，等待一秒後就可以通過的機關卻硬闖，比起不時掉進肉眼就可見的坑洞，自取滅亡的時候還比較多一點。

當時我心想玩這麼差勁，如果是我的話，一定會更漂亮的過關，事實上也的確如此，稍微熟悉操作，初賽就連過三關，當時我得意洋洋，心想吃雞也不過指日可待。

事實上我太過天真，接下來三個禮拜，一次又一次的闖關，豈只是拿到冠軍，我連單場比賽的第一名也沒得到過。

我開始認真研究犯下的錯誤，再接再厲的挑戰，然而，如果這是單機遊戲的話，或許可重複練習來達標，但這是網路遊戲，糖豆人後面都是真實人物，每次採取的動作都不同。

永遠都會人跑在你前面，不管站多穩仍會有人把你撞下去，或是惡劣的陷害你掉入陷阱，氣得我幾乎要摔搖桿了。

當下我大為急躁，開始犯下之前不會犯的錯，硬闖明知陷阱的機關，硬跳跳不過的距離，幾乎連兩道關卡都闖不去，每次玩都滿肚子火光，心想乾脆不要玩了。

不過畢竟還是花錢買來，於是我放棄執著勝負，專心觀察其他的跑者，或去玩場地大鎚子，看它可以把我搥得多高，或者也跟著去陷害其他人。

說來也奇怪，自從我轉變做法後，狀態又恢復正常，不再誤踩陷阱，不再著急的硬跳，同時過關率也跟著提昇，幾乎每次都能闖到最後一關。

原來之前焦躁心態讓我視野變得狹隘，怒火讓我失去從容，只要不再執著於勝負，抱著休閒心態就能順利前進。

這時我才恍然大悟了，原來糖豆人跟人生一樣。

人生中總是會遇到許多阻礙，即使努力去克服，但多數的情況還是得不到第一，就算研究反省，下一次又出現新的失誤，更別提被扯後腿、被陷害，才剛站穩腳步，就被別人擠下，根本是家常便飯。

就算這樣也不能焦躁，因為就算生氣也得不到好處，也會令視野變得狹隘，失去了從容、執著於勝負，只會讓勝利離你更加遙遠，只有抱著餘裕心態的人才能看清楚環境，避免踩雷。

人生就是如此，我不禁如此感慨，勝利者除了由餘裕之外，大概是運氣吧……

於是今天我為了研究人生，今天還是打開糖豆人。

不想相信人性的人們

文：語雨

在一九四二年迪士尼上映一部電影，名字是小鹿班比，故事從主角班比出生，喪母、相遇配偶到生子等經歷，是迪士尼永垂不朽的經典之一。

當時顧慮兒童，為了不讓喪母的情節表現太過殘酷，所以安排小鹿班比倉皇失措的逃跑時，由背後響起槍聲。

然而，迪士尼的算盤卻大錯特錯，恐懼來自於未知，看不見的敵人最可怕，這位沒有台詞、甚至連人都沒有出現的獵人，變成四零年代全世界兒童的夢魘。

出於心疼小鹿班比的喪母之痛，以及對獵人的憤怒，美國人反應是即刻的，狩獵運動在隔年數量立刻驟減到一半，大街上出現人潮抗議美國對狩獵行為的放縱，二十年後，看過電影的小朋友長大了，同樣也興起一波的環保運動，這就是著名的小鹿班比效應。

一部創作能造成影響兩代民眾，影響擴散到全世界，真是既偉大又不可思議，不過只要仔細想想好像又理所當然，因為最貼近生活就是這些創作了，不論是小說、遊戲、漫畫或電影，創作絕對可以影響社會，造成社會現象的創作故事屢屢皆是。

同時也可以體會當重大刑案出現時，那些家長或立委大聲疾呼禁止像是俠盜獵車手之類暴力遊戲，或在刑案兇手搜出特定書籍大力批判的心態。

當年漫畫「生存遊戲」就因此而遭到出版社回收下架，台灣人再也看不見這部作品的完結篇了。

事實上國外文豪作品不乏有些殘酷的故事內容，而武俠巨匠金庸老師筆下有滅門血案、幫派械鬥，放火殺人無不血腥暴力，也沒見那些專家學者大力批判，我看韋小寶殺人放火倒是毫不手軟，令狐冲老是喝個爛醉，連在尼姑庵也不自律，無疑給小孩做了最壞示範。

但當作品經歷歷史洗禮和考驗，並受大部分人的喜愛，這部作品就會晉升到名人殿堂，自帶反擊屬性的效果，只要那些學者只要批判就會遭到強烈的反擊，當然不會自討沒趣，這些人也可以說是欺善怕惡，但更多是對於現代創作的輕蔑。

回到小鹿班比這部電影，這部電影在影響全世界，甚至掀起環保運動，但是我們卻沒聽見有人站在反派立場說：嘿！我們盡情的去殺那些小鹿。

那是因為人們是喜愛善良，並以善良為傲的種族，整個社會也是偏向良善，大部分的人並不會站在反派立場。

在我看來，認為善良的人們會僅因為數部作品而變得墮落邪惡，這種想法已經很可笑了，偏偏那些專家學者口中宣揚著乾淨的理論，卻完全不想相信人類的善良，一心認為人類不可救贖，自己才能拯救世人。

我就告訴你們吧，會犯下窮凶極惡事件的罪犯，往往在很久之前已經走向偏路，絕對不是因為區區某部作品才導致他們動手犯罪。

聊聊達叔這個電影人吧

文：語雨

很久以前看過一部電影，電影的主角擁有特異功能，雙手用力搓牌就可以將紙牌換過，另一名男配角是主角的三叔，在旁邊插科打諢，為電影情節添色不少，逗趣的情節讓人捧腹大笑，不知不覺就看到最後了。

這部電影名字就是賭聖，於一九九零年上映，算來也剛好三十個年頭，也是香港電影史上第一部突破四千萬港幣的電影，而主角也是大名鼎鼎的周星馳，從此奠定了周星馳成為香港喜劇巨星的地位，扮演主角的三叔就是吳孟達——達叔了。

賭聖也是我第一次認識星爺和達叔這兩位喜劇天王的作品，從此以後星爺的喜劇作品總有達叔的影子在，說到九十年代經典的香港喜劇電影，從賭聖到九品芝麻官，整蠱專家到少林足球，這兩位搭檔總是形影不離。

這三十年來，這些作品都輪流在電視台播放，對於那些經典台詞哪一句不是兩岸三地的觀眾耳熟能詳，網路上甚至可以看見有人將眾多的台詞整理到一塊，供網友參閱，可見大家是多麼熱愛這些經典。

在眾多影視作品中，我們可看見達叔總是演配角，從賭聖、賭俠和賭霸系列中，達叔飾演的黑面蔡非常活躍，這名角色好色又衝動，雖然自私狡猾，但是總是在滑稽蠢事摔跤，達叔將其演得再可愛不過了，無論如何都叫人討厭不起來。

在電影中總是不飾演主角的達叔，作為電影綠葉，就算不跟星爺一起合演，照樣可以讓角色發光發熱，我們可以看見在新烏龍院中，達叔飾演大師兄跟郝劭文、釋小龍一起逗笑觀眾。

烏龍院的大師兄跟黑面蔡一樣是逗趣角色，可是跟自私狡獪的黑面蔡不一樣，大師兄多了一股正氣，可是達叔的演技照樣活靈活現，把一位正氣又有趣的大師兄給演活了，還有跟劉德華一起演出的絕代雙驕，飾演惡人谷中的李大嘴又是跟黑面蔡這位角色不一樣的精靈古怪，每每都讓人眼前一亮。

達叔在影劇業貢獻之大，有目共睹，在達叔過世後，我去看了 YOUTOBE 的賭聖視頻，底下滿滿都是達叔的悼念之文，可見大家對這位逗趣又可愛的達叔是多麼喜愛，對於他過世又是多麼遺憾。

達叔是我童年的一部分，要說我是看達叔電影長大的也不為過，兩岸三地大部分的七年級生亦然，如今達叔離世，感覺就像心頭失去一部分一樣。

我還沒上車啊！

在逃學威龍中，經典台詞還在腦中迴盪，可惜再也聽不見達叔親口說了。

達叔，您辛苦大半輩子了，這次終於上車了，幸好最後也沒有走得太過痛苦，休息一下，來世還能再做一名演員，再度把歡笑帶給我們。

憶起當年的軌道車

文：語雨

還在讀國小時，電視上曾經播放一部動畫，名字是「暴走兄弟」，可別以為是飆車族的故事，裡面的確有車，卻是四驅車，或稱為軌道車，反正就是沿著軌道跑的玩具就是了。

這部動畫在當年可火了，每日上學見面第一句話就是：「看了昨天的暴走兄弟了嗎？」每天都會聽到同學大喊：「旋風衝鋒龍捲風！」之類的動畫招式。

說是玩具車，不過裡面的學問可大了，從馬達到齒輪，從車殼到輪胎，車子所有一切都可以在賣店中更換，在無限多的選擇中，組裝一台全世界只有自己獨有的四驅車，這對小孩子實在太心動了，玩具廠商還不賣爆。

當年我家小鎮有四間文具店，店內都有四驅車零件的專櫃，外面放著大型的軌道供小孩子遊戲，週末還提供比賽，甚至有獎金，趁著比賽後的熱度還沒降，讓孩子進店內買零件又賺一波，真不愧是生意人。

這股熱潮連當年還是小學生的我都沒能免俗，但是四驅車零件選擇可是無限多，什麼高速齒輪、抓地輪胎和倍數馬達各種零件需要互相配合，通常是買下來試試看才知道。

拿著少少的零用錢要是買到不合的零件，不但衝出軌道是常事，造成馬達和齒輪損壞也不少見，那真是欲哭無淚，幸好有這種煩惱的孩子多得是，班上男孩子聚集起來，除了炫耀彼此的愛車，還把零件拿出來交換，順便交換情報，哪些齒輪組合容易過彎？哪些馬達在直線跑道有利？哪個國小出現強中手？不論是誰都專業的跟賽車手沒兩樣。

放學後就迫不及待的直接跑到文具店前面，用愛車來驗證在學校聽到的情報，那時的文具店前面總有幾台四驅車在軌道上飛馳，當通過終點的一瞬間，嗡嗡地細小馬達聲霎時淹沒在學生們的歡聲雷動中，好不熱鬧。

那時不分學區學校，不分低年級或高年級，在遊玩中交到好朋友、結識了好對手，當年的四驅車不只是玩具而已，而是連結世界的重要夥伴。

多年後，我從在房間角落拿出蒙塵的紙箱，打開後當年的夥伴又重見天日，看著漂亮的車殼不禁百感交集，這車子以前有這麼小嗎？

「舅舅，這是什麼？玩具車嗎？」

正在房間玩電腦遊戲的姪子轉過頭來，眼眸閃爍著好奇的光芒，我得意跟他吹噓許多當年的事蹟，在催促下裝上三號電池，霎時熟悉的細小馬達聲又迴盪在房間，一放手，四驅車立刻風馳電掣，不過因為沒有軌道，一下子就撞到牆壁了。

「就這樣？」

「嗯。」

姪子立刻失去興趣，回到座位上玩起電腦遊戲。

把電池拿下來，小心翼翼放回箱子內，我拿起搖桿，用格鬥角色把姪子虐得體無完膚，哇哇大叫。

倉庫遇險記

文：語雨

九七年我當兵入伍，新訓結束就是抽籤，不幸的是我抽中金馬獎，坐了飛機來到金門去，進來軍營後，就是按表操課，被老鳥欺負。

就要過年前的某天，全連要大掃除了，一個士官和兩個菜逼巴負責掃倉庫，士官大我兩歲的年輕人，不過他是志願役，面對兩個菜逼巴義務役，當然只是動口的份。

我們兩人先把獨輪推車和一堆雜七雜八的玩意丟出來，進去裡面才發現裡面全是大塊的木頭棧板，我和另一個菜逼巴掀開一塊棧板，木板發出嘩啦啦的聲音，碎成了數塊。

瞪著風化的木板，心想這也太扯了，這倉庫是不是民國初年就沒有動過了，為毛今年會由我們整理？

不過這也是軍中沒事就要搞事的日常，趕緊做完才能打混摸魚，這是軍中處事的訣竅。

把木板踩成碎塊，還看見幾隻蟑螂和大量的白蟻，經過軍中幾個月的鍛鍊摧殘，區區的害蟲都是嚇不倒我們的。

整理腐朽的棧板，隨著逐漸深入倉庫，蟑螂越來越多了，到了最後，只要一掀開木板，嘩啦啦掉下來的不是木屑，而是一堆蟑螂和卵鞘。

兩個菜逼巴商量了一下，決定用大掃把硬將地上的泥土往前撥，將蟑螂趕到裡頭，剩下的垃圾能掃就掃，幸好倉庫底下最不缺的就是土塊。

用地上的泥土做掩護，避開了蟑螂，很快就把大部分的垃圾清出去了，當掃到倉庫底部時，倉庫的一角全是塞滿了蟑螂，在牆壁與地板遊走。

那是我此生看過最噁的場景，沒有之一。

「報告排長，已經將倉庫全清掃完畢了，現在準備將用具歸位。」

面對活生生的蟑螂海，我們一致決定無視那片褐色的海洋，或許等待十幾年後，又有另一組倒楣鬼再來開啟這禁忌的大門。

「欸，你們最後沒有掃完後，以為我不會檢查是不是？要是害我被連長罵，到時候還要再掃一遍，你們當我很閒是不是？」

屁啦！我們都知道連長不會來檢查這個萬年不用的倉庫，你根本是想要噁心我們而已。

「不行，不行，還頂嘴，老油條了是不是？你看看，這都不是沒有掃完嗎？後面為什麼都沒有動？」

事實上當然不能這樣嗆聲，我們只好進行一些微抵抗，士官長根本沒看見那片蟑螂海，還拿著旁邊掃把揮，看得我們心頭亂跳。

顯然士官長越講越高興，那隻掃把揮舞的幅度也越來越大，最終拍地一聲，狠狠打中那片海的正中央。

「這什麼玩意！?幹你娘!怎麼這麼多？靠北啊！我的眼睛!」

隨著刷刷刷刷地噁心聲響，有如小蜘蛛般而四散，很多很多沿著士官的腳和掃把往上爬，還有一部份飛起來了，我跟菜逼巴轉頭就跑。

之後，我只記得士官長在宿舍後面，親自洗了很久的外套，還有足足被士官長記恨三個月的夜哨輪班。

必須讓他或她了解的事

文：語雨

最近有一則新聞，一名國中生與五十名同學翻雲覆雨，還搞到兩名少女懷孕，這讓我驚訝無以復加，生在只要和女生牽手就被斥喝的國中時代，看見新聞時，我吃驚到下巴都要掉下來了，直呼簡直是不可思議。

五十個是什麼概念？就是在少子化社會，湊成兩個班級還有得找的人數。

這位國中生的家長得知消息後，嚇得貼文找律師以至於引發熱議，連教育部都有出面說話，到目前為止，還不能確認到底是真有「奇」人，還是普通的網路釣魚帖子。

至於這位國中生進行這些行為時有「情」嗎？我想可能性很小，連要避孕來保護女生都不懂，我想「慾」的成份比較重一點。

我不懂他們心態到底如何，可以確定的是他們不知道如此會有什麼後果，至少沒有考慮事發後要怎麼應對，一旦爆發後只能回家找媽媽哭訴。

正常來說，從交往到分手，經歷許多失敗和成長，也知道愛情內沒有規則可言，也沒有先來後到之分，愛情是沒有規則，但是是有界線的，這位國中生明顯是越界，只顧當下的快樂而已。

同時我也不相信五十多位女生全是自願，或多或少會有一點強迫的成份，可能是男方的一廂情願，也可能是當時所處的環境令其不能拒絕，那就是確確實實的犯罪了。

很久很久以前，台灣也曾經經歷過從一而終的年代，女方苦守著寒搖十幾載，還被視為美談流傳一時，男子漢做事要女方閉嘴，不可以有自己的意見，那是個壓迫女權時代。

現代思想開放了，那恐怖年代一去不復返，但是我們更需要某種底限規範，理解性和情是怎麼一回事，如果大人因為遮遮掩掩的掩蓋，那麼那些迷惘的孩子又要如何去應對這個資訊化的知識洪流呢？

常常在新聞看見那些怪獸家長動漫或娛樂電影書籍，甚至兩性平等課程會教壞小孩子，不過實際上，現實比那些創作還要驚人吧。

這大概也是現代家長不會教小孩的最佳範例，不禁想對那些家長說：如果你不會教小孩的話，沒關係，坐在教室跟孩子一起上課，我們代替你來教。

我希望的是，我們下一代能成為在感情路上經歷挫折後，希望自己能夠成為更好的人，為了能遇見下一次愛情路上就能更好的經營，進而成長的孩子。

而不是看見因為家長和學校遮掩男女之間的知識，導致孩子都變成受害者的社會光景。

國家圖書館出版品預行編目資料

感慨人生／宛若花開、剛田武、語雨　合著.　—初版.—
臺中市：天空數位圖書　2021.08
面：14.8*21 公分
ISBN：978-986-5575-50-2（平裝）

863.55　　110013133

書　　名：感慨人生
發 行 人：蔡秀美
出 版 者：天空數位圖書有限公司
作　　者：宛若花開、剛田武、語雨
編　　審：非常漫活有限公司
製作公司：恩希有限公司
封面設計：許思庭
美工設計：設計組
版面編輯：採編組
出版日期：2021 年 08 月（初版）
銀行名稱：合作金庫銀行南台中分行
銀行帳戶：天空數位圖書有限公司
銀行帳號：006-1070717811498
郵政帳戶：天空數位圖書有限公司
劃撥帳號：22670142
定　　價：新台幣 260 元整
電子書發明專利第　I　306564 號
版權所有請勿仿製
※　如有缺頁、破損等請寄回更換

Family Sky
紙本書編輯印刷：
電子書編輯製作：
天空數位圖書公司
E-mail：familysky@familysky.com.tw　http://www.familysky.com.tw/
地址：40255台中市南區忠明南路787號30F國王大樓　Tel：04-22623893　Fax：04-22623863